MÉMOIRE

A

MES CONCITOYENS.

MÉMOIRE

A

MES CONCITOYENS.

PARIS.

IMPRIMERIE DE AUGUSTE MIE,

RUE JOQUELET, n° 9, PLACE DE LA BOURSE.

DCCC XXIX.

A Son Altesse Royale

Monseigneur le Duc d'Orléans.

MONSEIGNEUR,

J'ai l'honneur d'adresser à V. A. R. le premier exemplaire, et le seul qui ait été tiré, du mémoire qu'elle m'a réduit à publier. Vous m'avez privé, Monseigneur, de mon existence; vous avez anéanti celle de ma famille, et si je gardais plus long-temps le silence, vous m'ôteriez jusqu'à l'honneur, en persévérant à me refuser l'attestation de mes bons services.

V. A. R. n'a pas jusqu'à présent voulu me donner pour juges ses propres conseillers; et cependant devant Dieu et devant les hommes, l'équité lui impose l'obligation ou de m'accorder des juges si elle me croit coupable, ou un certificat honorable si je suis innocent.

Pendant quatorze ans, je lui ai dévoué tout mon être: pour elle j'aurais donné ma vie; et lorsque je ne sollicite ni faveur ni récompense, mais un acte de rigoureuse justice, je trouve un cœur de bronze!... Au jour du malheur je lui restai fidèle, elle m'en punit par un inflexible abandon!...

La jalousie a semé d'infâmes propos sur mon compte, l'ambition attentive les a perfidement accrus et propagés: votre défiance naturelle les a recueillis. Vous avez voulu, Monseigneur, frapper fort sans m'entendre; et au lieu d'un coupable, vos coups mal assurés ont atteint une victime. Je vous ai mis à même de juger l'absurdité de l'accusation dirigée contre moi; vous avez lu ma justification; vous êtes convaincu, j'en suis sûr; mais, comme prince, vous n'avez pas osé revenir sur vos pas, vous m'avez sacrifié.

Si vous avez d'autres griefs à me reprocher, ne craignez pas de me les faire connaître; au lieu de la redouter, je provoque l'accusation, pourvu que je sois libre dans la défense.

Depuis un an, tous les moyens ont été employés pour obtenir l'attestation que je sollicite; vous le savez, Monseigneur, aucun n'a été négligé; ils ont tous échoué : vous m'avez humilié par votre silence; vous m'avez accablé de vos refus; une volonté de fer m'a toujours repoussé. Cependant je ne mets ni aigreur ni passion dans ma conduite : l'intérêt de ma réputation (unique bien inaliénable de l'homme) est le seul qui m'anime, il m'impose le devoir de faire imprimer ce mémoire.

Non seulement je suis forcé de vendre, pour exister, une retraite objet de tant de haine jalouse, et où je croyais finir mes jours, mais encore j'ai besoin, pour soutenir ma famille, de chercher une place. Ma disgrâce a été publique, je ne puis l'effacer, ni me présenter ailleurs avec espoir de succès, sans une attestation honorable de votre main; accordez-la-moi, Monseigneur, je vous en conjure; et je jette au feu ces feuilles qui m'ont coûté tant à écrire : les termes m'en sont indifférents, pourvu qu'il en résulte que j'ai servi pendant quatorze ans V. A. R. avec zèle et dévouement, que je lui ai donné dans des circonstances difficiles des preuves d'une grande fidélité, et que la suppression de ma place a été le seul motif de mon éloignement.

Si V. A. R. demeure inflexible, si *dans un court délai* je n'obtiens pas cet acte de justice que je réclame les larmes aux yeux, j'aurai acquis la preuve qu'elle préfère que j'use du seul moyen de justification qui me reste; je remplirai un pénible devoir en publiant mon mémoire, et j'y joindrai la lettre que j'ai l'honneur de vous adresser.

Je suis avec le plus profond respect,

Monseigneur,

De Votre Altesse Royale,

Le très humble et très obéissant serviteur,

J. Pascalis.

Les Thernes, ce 11 novembre 1829.

N. B. N'ayant pas reçu de S. A. R. la réponse que j'attendais, *dans un court délai*, au présent mémoire et à la lettre d'envoi, je suis forcé de les publier.

MÉMOIRE

A

MES CONCITOYENS.

Honoré depuis quatorze ans de la confiance de S. A. R. monseigneur le duc d'Orléans, chargé de la direction des dépenses dans son administration financière, prêt à atteindre le nombre d'années nécessaire pour avoir droit à une retraite d'après les règles qui la régissent, si je l'avais demandée, j'ai été éconduit par des motifs inconnus, mais faux ou ridicules quant à ceux énoncés. J'ai demandé les véritables causes de ma disgrace, on a gardé le silence; j'ai réclamé pour juges les conseillers du prince, ils m'ont été refusés; j'ai sollicité une attestation honorable, mais écrite, ma requête a été constamment éludée; et tout cela, je n'en puis douter, par l'effet des calomnies que des envieux intéressés avaient semées d'avance.

Un an de persévérance dans l'emploi de tous les moyens imaginables pour parvenir à ce but auprès de S. A. R. a été sans succès.

En proie à la calomnie, profondément blessé dans mes sentiments les plus chers, pressé du besoin de défendre mon honneur dont je ne dois le sacrifice à personne, il ne me reste d'autre ressource que celle de faire connaître ma conduite au public; il sera mon juge en dernier ressort.

Je vais exposer les faits dans leur véritable simplicité, je n'ai besoin que d'eux pour ma justification.

Aucune vue hostile ne m'anime, je veux seulement rester sans tache comme j'ai vécu jusqu'ici, et détruire les conséquences perfides que mes ennemis ont voulu tirer de ma disgrace : voilà mon unique but et ma seule ambition.

FAITS.

Au mois d'octobre mil huit cent quatorze, je fus agréé par S. A. R. et chargé de la comptabilité et des dépenses. Depuis le mois de juin, on recevait et on payait sans tenir d'autres écritures qu'un livre de caisse; je me livrai à un travail opiniâtre pour monter les livres en parties-doubles. D'un autre côté, il avait été fait des réparations majeures dans les bâtiments, et on venait de terminer le nouvel ameublement du palais pour recevoir LL. AA. RR. qui arrivaient de Sicile. Aucun mémoire n'était soldé, ni vérifié, ni réglé. Je me dévouai avec zèle et bonheur à l'exercice de mon emploi. Mais je fus si écrasé d'ouvrage qu'on sentit le besoin de diviser la comptabilité et les dépenses. Je fus seulement chargé de cette dernière partie. On m'y jugea plus utile. On me persuada que cette place était une preuve de grande confiance, et que j'y étais si propre par les résultats avantageux obtenus par moi que je serais toujours plus en évidence que le chef de la comptabilité, qu'enfin je serais mieux rétribué. J'obéis, sans soupçonner le piége qu'on voulait me tendre plus tard.

A l'époque du 20 mars mil huit cent quinze, je donnai des preuves d'un dévouement extrême : je ne fis sans doute que mon devoir, mais enfin je le fis avec plus de zèle que tout autre. Je fus chargé de faire enlever du palais tout ce qui pouvait être soustrait au fisc. La cave fut distribuée chez les personnes de confiance que S. A. R. désigna. J'ai l'état de ce qu'elle contenait et du nom des personnes qui furent dépositaires de chaque partie. Les bronzes furent mis en dépôt chez des fabricants qui n'étaient pas entièrement soldés ; le linge fut transporté à mon domicile, démarqué afin d'éviter qu'il fût reconnu et saisi ; il fut ensuite envoyé chez M. Abraham Tesnière, commissionnaire de roulage, et laissé en caisse comme marchandise ayant une destination. Après les cent jours, tout fut intégralement rétabli dans le palais.

Le 15 mars Madame la duchesse d'Orléans m'envoya chercher à minuit pour lui procurer tout de suite une berline de voyage, et elle me dit qu'elle ne se coucherait que lorsque cette voiture serait à sa disposition. Le prince avait pris en partant pour Lyon toutes celles qu'il avait. S. A. R. revenait du château des Tuileries où elle avait appris les succès de la marche de Napoléon, et elle était dans les plus vives alarmes, surtout pour ses enfants. Il fut convenu, pour qu'on ne se doutât point de ses craintes, que cette voiture serait déposée sous la porte cochère de M. Séguin, son pharmacien, rue des Bons-Enfants. Après avoir frappé en vain à beaucoup de portes de carrossiers, je parvins à trouver une berline rue St. Germain-des-Prés n° 2. Elle avait été louée à des Anglais qui devaient partir en poste pour Calais au point du jour, et qui l'avaient fait conduire dans l'hôtel où ils logeaient rue Jacob. J'obtins à force de prières qu'elle me serait vendue; et pour la faire enlever sans réveiller les voyageurs qui devaient s'en servir, il fallut user de toutes sortes de précautions. Dès que la voiture fut chez M. Séguin, et il était plus de trois heures du matin, je courus en informer Madame qui était absorbée dans un violent chagrin, et qui, en apprenant ce succès, s'écria dans un transport de joie : *Ah! M. Pascalis, de quel poids vous me soulagez, je puis donc chercher à prendre un peu de repos. Je vous remercie au-delà de toute expression, vous me rendez la vie.*

Le 19 mars au soir M. le comte de Blacas écrivit à monseigneur le duc d'Orléans au Palais-Royal, pour l'informer que S. M. avait ordonné qu'il serait mis à sa disposition une somme de 200,000 f., et il prévenait qu'on eût à venir la toucher sans retard. Le prince étant parti pour Péronne, je me rendis avec cette lettre aux Tuileries, et je reçus un bon payable au porteur sur la Banque de France. A mon retour au palais, il fut décidé que je convertirais ce bon en une somme en or, et que dès le grand matin elle serait envoyée à Péronne. Le soir même, j'achetai de l'or qui me fut livré le lendemain à sept heures du matin; et lorsqu'on demanda des chevaux de poste pour partir, il ne fut plus temps, il y avait défense d'en accorder. Je restai dépositaire de cette somme, et je fus la mettre en sûreté chez une personne de grande confiance, au Marais. Une vingtaine de jours après, je reçus ordre de la verser au trésor impérial; M. le chevalier de Broval, pour des motifs personnels, avait fait connaître au nouveau ministre des finances qu'on n'avait pas pu la faire parvenir au prince, et qu'il allait la faire restituer; ce qui eut lieu.

Le 20 mars la garde impériale fut chargée du poste du Palais-Royal. Les sentinelles reçurent l'ordre de ne rien laisser sortir; et je ne pus plus faire enlever une vingtaine de coffres, de malles, de caisses, remplis d'effets appartenant à madame la duchesse d'Orléans et à ses enfants, qui avaient été oubliés dans la précipitation du départ. Je ne découvris ces objets que lorsque les agents du domaine firent apposer les scellés partout : mais aussitôt je présentai un placet à Napoléon pour demander que ces coffres fussent mis à ma disposition, afin de les renvoyer à Londres. Peu de jours après un décret ordonna qu'ils me fussent restitués ; et je les fis passer en Angleterre par l'entremise de l'ambassadeur.

Je fus dépositaire pendant les cent jours d'une somme de 1,800,000 francs en traites de marchands de bois, toutes avec l'endossement *signé en blanc*. Un décret impérial défendit à ceux qui les avaient souscrites de les payer, leur ordonna de verser les fonds au trésor, et prescrivit aux porteurs, pour en toucher le montant, de justifier à quel titre ils les possédaient. Ce décret ne put pas recevoir son exécution ; et le tribunal de commerce, d'après le Code, condamna les soumissionnaires à les payer directement aux porteurs.

Dans cet intervalle, M. le chevalier de Broval reçut des nouvelles de Londres et la demande d'un envoi de fonds. On était parti en si grande hâte qu'il était difficile de tout prévoir. Je fus tout de suite autorisé à négocier de ces effets pour 150,000 francs, à vingt pour cent de perte s'il le fallait. M. de Broval me dit qu'à tout prix il était nécessaire d'envoyer des fonds. Mon embarras était extrême, je ne savais à qui me confier ; j'avais la crainte de compromettre les seules ressources qui fussent en nos mains. Cependant, après y avoir bien réfléchi, je me décidai à aller trouver M. J. Laffitte, à lui dire la position du prince, et à lui demander 150,000 francs sur Londres, en échange des valeurs que je pouvais lui remettre. Il en avait reçu pour une somme si considérable au moment du départ du prince, pour le couvrir des avances qu'il avait faites, que j'appréhendais un refus ; mais au contraire sa conduite fut admirable, il s'y prêta de la meilleure grace, consentit à me donner du papier sur Londres au cours, et à prendre ces traites à l'intérêt légal de cinq pour cent. Lorsque je portai la traite sur Londres à M. de Broval, il me sauta au cou en me disant que c'était le plus grand service qu'il fût possible de rendre.

Le 30 juin, pendant qu'on canonnait Paris, je faisais faire le recouvrement des traites dont l'échéance avait lieu ce jour-là ; et je fis verser près de 100,000 francs chez M. Laffitte qui ne consentit à les recevoir dans une circonstance aussi critique qu'autant qu'il n'en serait point responsable en cas de force majeure.

Après le retour du Roi, S. A. R. revint à Paris, et je lui rendis à elle-même les traites qui m'avaient été confiées, et le compte des opérations qui avaient eu lieu. J'en reçus les témoignages de satisfaction dans les termes les plus flatteurs et les plus expressifs ; certes, je le répète, je n'avais fait que mon devoir; mais je m'étais consacré à ses intérêts sans consulter ni le soin de mon avenir ni les dangers que je pouvais courir, tandis que plusieurs personnes employées à ses finances allèrent reprendre leurs anciens emplois, qu'ils avaient quittés depuis le retour des Bourbons. Si l'on trouve dans le cours de la vie des circonstances où l'on puisse être utile, il s'en présente très rarement de semblables, et surtout bien peu où il soit possible de donner des preuves d'un dévouement plus absolu.

A la fin de 1815, M. Fontaine, architecte, fit parvenir à l'administration des finances de S. A. R. les mémoires de bâtiments pour les travaux faits en 1814, et qu'il avait réglés. Le prince voulut qu'on les fît examiner de nouveau par un autre architecte avant de les payer; et M. Poyet, consulté par M. de Broval pour ce choix, indiqua M. Raveau, vérificateur. Le résultat de cet examen fut une diminution de 150,000 francs. Les entrepreneurs refusèrent d'y adhérer; et pour éviter des procès, je proposai, ce qui fut accepté, de soumettre ces mémoires au réglement définitif du comité de révision des bâtiments de la couronne. Ce comité opéra une diminution de plus de 60,000 francs.

Depuis lors S. A. R. a toujours voulu que ces mémoires fussent révisés, et j'en étais seul chargé à l'aide des renseignements que je prenais à l'intendance des bâtiments de la couronne, d'autant que jusqu'en 1822 les travaux exécutés ont été peu importants, c'était presque ceux d'entretien : mais en 1822, après la mort de madame la duchesse douairière d'Orléans, la fortune de Monseigneur s'étant accrue, il ordonna de grands travaux à Neuilly et à Paris. Dès que les mémoires me parvinrent, je m'occupai de leur examen. Le premier, celui de l'entrepreneur de maçonnerie de Neuilly, se portait à une forte somme. Je fis un extrait du résumé, et je le portai à l'intendance de la couronne pour vérifier les prix alloués par le comité, et établir des comparaisons. Elles furent si disproportionnées que j'en fis part à l'entrepreneur, en lui demandant s'il voulait consentir à une révision à l'amiable basée sur les prix de la couronne. Il rejeta toute proposition, il fallut soutenir un procès. Cette affaire fut fort pénible pour moi ; mais elle a tourné à l'avantage du prince, et le tribunal, d'après le rapport des experts, a prononcé une réduction de plus de 100,000 francs.

C'est à propos de cette discussion que j'ai demandé la création d'un comité des bâtiments, et que je l'ai obtenue à force d'instances. Depuis trois ans que ce comité est en exercice, il a été fait sur les mémoires plus de 300,000 francs de réductions.

En 1820, LL. AA. RR. Monseigneur et Mademoiselle d'Orléans firent vendre par autorité de justice, et rachetèrent les biens de la succession paternelle, succession acceptée sous bénéfice d'inventaire. Ils étaient intéressés à faire transcrire les actes de vente aux bureaux des hypothèques. Les receveurs de l'enregistrement exigèrent le droit de mutation intégral de 4 pour cent, plus le décime, outre un et demi de droit de transcription. Sur le refus de l'agent du prince, le receveur de Vassy avait consulté son administration, qui avait donné ordre d'exiger la totalité des droits. Cette décision transmise sur tous les points où il y avait de semblables intérêts, entraînait une dépense de plus d'un million, et il était important d'obtenir l'affranchissement du paiement de ces droits. Le conseil avait préparé une requête pour faire valoir une exception en faveur de LL. AA. RR. comme étant héritiers naturels de leur père, et en cette qualité ne devant qu'un simple droit de demi pour cent : mais la vente des biens au nom des créanciers détruisait en quelque sorte l'effet de l'exception qu'on faisait valoir. Cette affaire demandait beaucoup de soin et de dévouement pour la suivre dans les filières de l'administration publique. Quoiqu'elle fût étrangère à mes attributions, on me pria de m'en charger, et je m'en suis occupé jusqu'au succès avec tout le zèle dont je suis capable. Je n'entre à ce sujet dans aucun détail, tout ce que je puis dire, c'est que j'ai en mains des pièces qui justifient qu'on comptait sur moi, et qu'on en a été très satisfait.

Le même zèle, la même activité ont été déployés dans l'exercice de ma charge pour tout ce qui concernait les dépenses. J'ai préparé moi-même tous les réglements ou consignes qui existent pour l'ordre intérieur dans toutes les parties. J'ai mis la plus scrupuleuse impartialité et la plus grande équité dans les réglements des mémoires, qui se sont élevés, dans l'espace de quatorze ans, à plus de trente millions; et à cet égard, je peux le dire hardiment, il ne m'a jamais été adressé un seul reproche. Enfin j'ai défendu les intérêts qui m'étaient confiés avec dévouement et fidélité. J'ai toujours été dans l'esprit du prince (sauf les trois derniers mois qui ont précédé mon éloignement), l'homme indispensable. Ses moindres désirs étaient satisfaits avec une promptitude extrême; aussi j'étais constamment honoré de sa bienveillance, qu'il exprimait en toute occasion. Ce sont précisément ces témoignages flatteurs et, j'ose le dire, mérités, qui ont éveillé la haine et excité la jalousie. Leurs fruits empoisonnés, leurs effets funestes ont seuls amené la catastrophe dont j'ai été victime.

L'acquisition d'une maison de campagne que j'avais faite aux Thernes, d'une quarantaine de mille francs, en fut le prétexte : elle fut le sujet de propos calomnieux. Je crus devoir les détruire en faisant connaître de moi-même au prince la situation de mon avoir. Plus tard j'ai mis sous ses yeux la preuve positive de ce que je possédais en entrant à son service, et la note de mes économies. Il y a plus de trente ans que j'occupe des fonctions publiques ou au Palais-Royal, et l'on ne doit pas trouver étrange que, sans enfants, et menant une vie fort retirée, j'aie pu faire quelques économies, quand j'ai eu, pendant vingt ans, de 9 à 12,000 francs de traitement. Si je n'eusse pas eu les moyens légitimes de faire cette acquisition, et de faire connaître l'origine des fonds qui m'ont servi à la payer, aurais-je choisi de préférence les Thernes? Me serais-je mis sous les yeux du prince? n'aurais-je pas eu à redouter le voisinage incommode, surtout l'investigation bien autrement dangereuse de mes ennemis? aurais-je même fait une acquisition immobilière quelconque? j'aurais thésaurisé, gonflé ma caisse jusqu'au moment où, ayant atteint ma retraite, je ne devais plus compte de ma vie; mais, fort de ma conscience, ma loyauté et ma franchise ne m'ont pas permis au contraire de supposer un instant que la calomnie vînt attaquer ma fidélité, et comme j'avais des ressources positives qui me permettaient de placer ainsi quelques capitaux, surtout comptant sur la continuité de ma place, je cédai à ce désir si naturel à l'homme, de s'assurer un lieu de retraite et de repos pour ses vieux jours, quand l'âge ou les infirmités viennent l'atteindre.

Mes ennemis, pour arriver à leurs fins, continuèrent à exciter la méfiance du prince. L'un d'eux, qui avait l'espoir de me remplacer, et qui a recueilli une grande partie de mes attributions, intrigua dans l'ombre pour faire créer une commission administrative destinée à suppléer le directeur général malade, et pour en faire partie : il réussit. Dès que je fus informé de cette décision, je fis de fortes et respectueuses représentations au prince, et je m'expliquai comme je le pensais sur ce choix. Tout était prévu, j'échouai. Ma résistance excita la méchanceté de ceux qui avaient intérêt à m'éloigner. Ils aigrirent l'esprit du prince, qui les chargea de vérifier en cachette ma gestion depuis mon entrée au palais. Ils lui promettaient de grandes économies, sans compter celle de mes appointements... Il était pourtant difficile de m'éloigner tout à coup sans cause apparente ; et pour y parvenir il était utile de prétexter quelques griefs qui permissent de prendre cette mesure sans allouer une retraite, tout alors devenait profit ; et pour atteindre un si heureux résultat, on fouilla partout avec mystère. Ne pouvant rien découvrir dans les dépenses que je surveillais, on fit des recherches chez MM. les commissaires-priseurs, pour vérifier si, dans les acquisitions que je faisais faire dans les ventes publiques, les prix qui étaient portés sur les procès-verbaux d'adjudication étaient conformes à mes bordereaux. Il résulta de cet examen qu'on trouva seulement dans trois procès-verbaux des différences sur six articles montant ensemble à 644 fr. 05 c., pour lesquels S. A. R. me demanda des explications; et je lui apportai le surlendemain les justifications écrites les plus positives. Mais le coup était porté; la confiance était détruite, et mon éloignement était arrêté d'avance.

Voici les faits et les justifications.

Question. A la vente du mobilier de S. Em. le cardinal Fesch, qui eut lieu en mars 1824, M. Pascalis a fait acheter des tables en porphyre et en marbre rare. Sa note se porte à 7,940 fr., et par l'examen des articles d'adjudication sur le procès-verbal de vente, il devrait y avoir 180 fr. de moins, d'où provient cette différence?

Réponse. Elle provient de ce que j'ai fait racheter deux tables en marbre lumachelle. Monseigneur m'avait montré plus de désir de les avoir, le jour où elles se vendaient et au moment où j'allais me rendre sur les lieux; quand j'arrivai, l'adjudication était faite, et pour les avoir je consentis à payer ce léger bénéfice. J'ai fourni la preuve, par la quittance donnée à cette époque, que j'avais payé 7,940 fr.

Q. A la vente de M. Feuchère, fabricant de bronzes, qui eut lieu en novembre 1824, il fut adjugé à M. Lafontaine, expert du Musée, un buste de

Henri IV, au prix de 3,510 fr.; il a été payé par M. Pascalis 3,750 fr. Pourquoi cette différence?

R. En me donnant l'ordre d'acheter ce buste, Monseigneur limita le prix à 1,500 fr. L'enchère s'étant élevée au-delà du double, je l'abandonnai, et j'en rendis compte aussitôt; je reçus ordre de négocier avec l'acquéreur pour qu'il en fît la cession. M. Lafontaine au premier abord me refusa; et quand je lui dis au nom de qui j'agissais, il consentit à le céder avec un bénéfice qu'il modéra à 240 fr., ce qui élevait le prix du buste à 3,750 fr. Le prince étant à table, je l'informai par écrit de ce résultat, et madame la duchesse d'Orléans fit la réponse de sa main dans les termes suivants :

« Mon mari est très satisfait de votre négociation,
« il accepte la proposition de M. Lafontaine, il prend
« le buste pour 3,750 fr., et il vous charge de le re-
« mercier. »

Cet ordre fut exécuté. J'ai présenté au prince en octobre 1828 cette lettre écrite par Madame, et la quittance de M. Lafontaine. Il a gardé ces pièces qu'il ne veut plus rendre. Il s'est laissé persuader que je m'étais entendu avec M. Lafontaine et M. Feuchère le vendeur, pour faire élever les enchères et opérer une vente simulée. Le commissaire-priseur ne serait pas même étranger à la supercherie, attendu qu'il a mis en marge de l'article sur son procès-verbal le mot *travers*, ce qui a été interprété par la personne qui avait intérêt à me nuire pour avoir ma place, comme un terme d'argot des commissaires-priseurs pour exprimer une vente simulée. Le prince à qui on l'a persuadé m'en a fait le reproche lui-même. Pour me justifier de cette absurde accusation, j'ai demandé un certificat dont voici copie :

« Je soussigné Benoît-Antoine Bonnefons de La-« vialle, commissaire-priseur à Paris, y demeurant, « rue Saint-Marc, n° 14, certifie à qui il appartien-« dra que, par procès-verbal en date du 30 novem-« bre 1824, enregistré, il a été, à l'article 202, ad-« jugé un buste d'Henri IV à M. Lafontaine, rue « Traversière, moyennant trois mille cinq cent « dix francs, et que ledit procès-verbal porte en « marge le nom *Lafontaine* et au-dessous le mot « *travers*, abrégé de Traversière, pour le distin-« guer d'un autre Lafontaine, doreur, qui demeure « rue de l'Abbaye, et qui a acheté à cette vente un « grand nombre d'objets. En foi de quoi j'ai délivré « le présent certificat. Paris, le 22 novembre 1828. « Signé Bonnefons. »

J'ai également demandé un certificat à M. Feuchère, et en voici copie :

« Je soussigné Lucien-François Feuchère, ancien « fabricant de bronze du Roi, certifie que le buste « d'Henri IV, bronze du temps que j'ai fait vendre

« en novembre 1824, rue de Cléry, salle Lebrun, « a été poussé naturellement par les enchérisseurs à « la somme de 3,510 fr., et qu'antérieurement je « n'avais eu aucune espèce de rapport ni avec « M. Pascalis, ni avec qui que ce soit pour le vendre « à l'amiable avant la vente. En foi de quoi j'ai « signé le présent. Paris, ce 22 novembre 1828.
« Signé Feuchère père. »

Je n'ai cessé de dire que si on ne voulait pas ajouter foi aux certificats ci-dessus et à la quittance de M. Lafontaine, il fallait faire venir les personnes et les questionner, afin de se convaincre de la vérité; on s'y est refusé.

Q. A la même vente, il a été adjugé à M. Galle, fabricant de bronzes, rue de Richelieu, une galerie en bronze doré à œufs pour feu, et un flambeau de bouillotte doré, en deux lots, au prix total de 341 fr.; ils ont été payés par M. Pascalis 450 fr. Pourquoi cette différence?

R. J'étais autorisé par le prince à acheter tous les articles que je croirais propres à l'ameublement du palais. Un jour que j'arrivai à la vente un peu plus tard, M. Galle me montra un lustre et divers bronzes qu'il venait d'acheter à bon compte, et il me proposa de me les céder. Je choisis seulement ce feu et ce flambeau de bouillotte, et je consentis à lui payer le bénéfice qui forme la différence de

351 fr. à 450, parce que, encore à ce prix, c'était une affaire avantageuse. Ce feu est placé dans la première galerie de tableaux de Monseigneur. Du reste, j'ai payé 450 fr.; j'ai remis à S. A. R. la quittance de M. Galle, qui certifiera la vérité quand on voudra.

Q. A la même vente, deux vases en bronze forme Médicis, adjugés au sieur Escudier, marchand de curiosités, pour 99 fr. 95 c., ont été payés par M. Pascalis 185 fr. Pourquoi?

R. C'étaient deux vases dignes d'orner la galerie du prince. Ils avaient été adjugés avant mon arrivée, et je les rachetai du sieur Escudier pour 185 fr., prix avantageux. J'ai remis sa quittance au prince. Le sieur Escudier père est mort il y a près de deux ans.

Q. A la même vente, un petit Mercure adjugé 212 fr. est compris sur le bordereau payé à M. Pascalis pour 222 fr. Pourquoi?

R. J'avais acheté à cette vente pour plus de 10,000 fr. de bronzes, et comme on ne put les enlever qu'à la fin de la vente, les garçons de salle les enfermèrent à part, en eurent grand soin, et lorsque je les fis enlever, je leur donnai 10 fr. d'étrennes que j'ai ajoutés à cet article.

Q. A la vente de M. Girodet, en avril 1825, il y a une différence en plus de 20 fr. Pourquoi?

R. J'avais acheté pour plus de 7,000 fr. de tableaux et gravures. J'y achetai une épreuve de la gravure d'Attala qui coûta 20 fr., et lorsqu'on apporta au palais toutes les gravures achetées, j'en fis l'appel et je reconnus celle-là sans la sortir du carton où elle était placée. Je m'aperçus le lendemain qu'on avait changé l'épreuve, et qu'on y en avait substitué une déchirée au milieu. Le morceau manque. Elle a été retrouvée dans un portefeuille. Il fallut la payer et j'ajoutai ces 20 fr.

Ce sont les seuls misérables griefs qui m'ont été reprochés. C'est le 12 octobre 1828 que j'eus l'honneur de remettre à S. A. R. les pièces justificatives détaillées ci-dessus, et le 15, elle rendit une ordonnance qui supprimait mon emploi en me conservant mes appointements jusqu'au 1er janvier suivant. Cette ordonnance m'a été signifiée sans ménagement. Aucune forme d'équité ni de convenance n'a été observée. La décision a été prise sans que j'aie été entendu, sans examen du conseil, comme je l'avais vu pratiquer dans des occasions analogues. La calomnie, l'intrigue ont dirigé la mesure, une prévention aveugle l'a comblée; et sur ce point, il ne peut y avoir aucun doute, car je me rendis tout de suite auprès du prince pour réclamer contre cette injuste rigueur, et je le trouvai si prévenu, si peu disposé à rechercher la vérité, que je le fis apercevoir de cette prévention. Il en convint, et malgré mes prières de renvoyer cette affaire au conseil, il s'y refusa. S. A. R. me fit remarquer que le parti pris par elle de supprimer ma place mettait mon honneur à couvert, et qu'étant décidée à ne pas la rétablir, elle ne voyait pas la nécessité de donner de l'éclat à cette affaire. J'insistai vivement pour que le conseil en fût investi, pour qu'il fît faire une enquête aussi étendue qu'il lui plairait. Pressé par mes raisons, Monseigneur céda, et me dit qu'il allait donner ordre de ne pas faire connaître l'ordonnance de suppression, à condition que je resterais aux Thernes et que je ne viendrais à Paris que lorsque je serais appelé par le conseil. Au moment où je me séparai du prince, je prévis la funeste influence de mes accusateurs, et je dis à Monseigneur : Je me retire, et je ne sais si mes ennemis, qui vous entourent, me permettront de vous revoir. Le prince me répliqua aussitôt : *M. Pascalis, écrivez-moi, je vous recevrai quand vous le désirerez, je vous en donne ma parole*. J'appris le lendemain que mes ennemis avaient annoncé l'ordonnance de suppression dans les bureaux, qu'ils avaient obtenu du prince de ne pas renvoyer cette affaire au conseil, qu'eux seuls seraient chargés de l'enquête qui serait clandestine et faite hors ma présence. J'appris aussi que, pour la commencer, ils avaient fait appeler l'entrepreneur de maçonnerie qui avait restauré ma maison de campagne, pour l'obliger à rendre compte des dépenses que j'avais faites ; et comme la vérité ne les satisfit pas, ils refusèrent de recevoir sa déclaration. L'un d'eux, celui qui avait interprété si indignement le mot *travers*, eut l'audace de menacer un fournisseur de le remplacer par un autre s'il ne faisait pas de déclaration contre moi; et ne pouvant le faire parler contre sa conscience, on le contraria dans ses intérêts en retardant de plusieurs mois le paiement de ce qui lui était dû. On a fait sur bien d'autres des tentatives tout aussi immorales, sans le moindre succès. Je tais les noms de tous : je veux que ma justification ne nuise à personne.

Un seul trait peindra l'individu.

Il a poussé l'oubli des convenances (bien évidemment contre les ordres du prince) jusqu'à décacheter dès ma sortie et me renvoyer ensuite toutes les lettres qui parvenaient au Palais-Royal à mon adresse, par le seul motif qu'après mon nom se trouvait la désignation, *directeur des dépenses*.

Cet abus n'a cessé que par suite des avis donnés à ma famille et à mes amis.

A la nouvelle de cette enquête clandestine, de ces menaces, je fus anéanti ; j'étais peu propre à prendre un conseil de moi-même, je réclamai l'assistance de quelques personnes qui me voulaient du bien. Leur avis unanime fut que je devais laisser passer l'orage, me soumettre aux volontés du prince ; que puisqu'il ne voulait plus de cet emploi, *quel que fût le résultat d'une enquête,* je n'aurais pas dû la demander ; qu'il ne fallait pas le contrarier, ni laisser continuer des recherches faites par des personnes qui avaient conseillé mon éloignement, dont l'une ayant agi dans l'espoir de me remplacer, et ayant réussi en partie, était intéressée à me trouver des torts, et que puisque le prince n'avait pas voulu suivre les formes établies dans son administration, en investissant le conseil du soin de découvrir la vérité, il valait mieux faire cesser cette enquête et s'en rapporter à sa justice, à sa loyauté, à ses bontés passées. Il faut le dire aussi, j'avais reçu de lui dans un si grand nombre d'occasions tant de témoignages d'intérêt que je crus, comme ceux qui me conseillaient, à un prochain retour de bienveillance ; je ne crus pas que mes longs et utiles services fussent totalement effacés de sa mémoire, et je cédai à leurs instances. Voilà mon tort, et le seul qu'on puisse me reprocher. Il était si naturel pour moi de croire à la bonté du prince ; dans ma disgrace même il était si doux de céder au sentiment de mon cœur, que je trouvais un adoucissement à mes chagrins dans ma déférence ; je me berçais de la flatteuse espérance qu'il y serait sensible, et qu'il voudrait les calmer. J'écrivis en conséquence que l'enquête ne fût pas poussée plus loin, d'autant que Monseigneur avait déclaré que, *quel qu'en fût le résultat*, il ne rétablirait jamais mon emploi. On insista par trois reprises pour que ma demande écrite fût établie sans observation, on fut jusqu'à m'envoyer la formule : après mille hésitations, toujours guidé par mes amis, croyant toujours à la justice du prince; je finis par céder; mais je déclare hautement que si au lieu d'une enquête clandestine dirigée par mes ennemis, il s'était agi d'une enquête paternelle, généreuse, dirigée par le conseil du prince, et dans laquelle j'aurais eu le droit de me faire entendre, aucune considération, aucune force humaine ne m'aurait porté à y renoncer. Il est expressément consigné dans la déclaration que, de part et d'autre, la raison à donner de mon éloignement serait la suppression de ma place. Malgré cette promesse formelle, mes ennemis ont eu la noirceur de répandre dans le public des récits mensongers, des propos calomnieux qui m'ont forcé de recourir au prince pour demander derechef que ma conduite fût examinée par le conseil. Cette clause insérée pour expliquer ma sortie était un pacte de loyauté convenu pour empêcher tout éclat : on en a fait un acte de déception. Depuis que j'ai eu connaissance des propos calomnieux répandus sur mon compte, je n'ai cessé d'écrire au prince pour avoir des juges. Il y a plus de neuf mois (1) que je sollicite en vain cette

(1) Le 8 novembre 1828, lettre à M. le chevalier de Bro-

faveur. J'ai épuisé tous les moyens possibles et je n'ai rien obtenu. J'ai demandé une audience à S. A. R.,

val portant envoi d'un état présentant la situation de mon avoir dès l'origine de mon entrée au palais, avec des pièces justificatives; le tout pour être mis sous les yeux de S. A. R.

Le 20 novembre, lettre à madame la duchesse d'Orléans.

Le 26 dudit, note pour Monseigneur, explicative de ma conduite sur les faits reprochés, avec les certificats du commissaire-priseur et de M. Feuchère père.

Les 25 et 29 décembre 1828 et 5 janvier 1829, lettres à M. de Broval sur cette affaire, et pour demander qu'elle fût renvoyée au conseil.

Le 25 janvier, lettre à Madame pour lui faire part des bruits absurdes que mes accusateurs répandent.

Le 12 février, lettre à Monseigneur.

Le 18 dudit, envoi à Monseigneur d'un mémoire préparé pour le conseil, dans la persuasion où j'étais qu'il serait chargé de s'occuper de cette affaire.

Le 11 mars, lettre à M. le baron Atthalin pour prier Monseigneur de hâter le renvoi au conseil. La réponse du 12 mars porte que S. A. R. lui a répondu qu'elle avait chargé une autre personne de me faire connaître ses intentions.

Le 26 mars, lettre à Monseigneur pour annoncer que je n'avais pas encore reçu d'ordre de sa part, ainsi que me l'avait écrit M. le baron Atthalin.

Le 29 mars, lettre à monseigneur le duc de Chartres pour le prier d'obtenir le renvoi au conseil.

Le même jour, nouvelle instance à Monseigneur pour le renvoi au conseil.

Le 6 avril, lettre à madame la duchesse d'Orléans pour la prier de m'accorder une audience. S. A. R. dont la bonté est extrême et le cœur parfait, me fait répondre, le 20 avril, qu'elle est touchée de ma position, qu'il ne dépend pas d'elle de l'adoucir, et qu'elle m'engage à demander une auj'ai réclamé l'effet de sa promesse *positive*, à trois reprises différentes ; toujours même silence. Cette persévérance à demander d'un coté, à refuser de l'autre, prouve jusqu'à l'évidence l'influence encore toute vivace de mes ennemis, l'impuissance de me trouver des torts, et l'embarras où est le prince de revenir sur un acte violent, à coup sûr démenti par son cœur, pris sans motif légitime, sans preuve légale, puisqu'on n'a pas osé permettre que l'accusation comme la défense fussent contradictoires et que la justice eût son cours. Le parti que je prends de faire part des faits qui ont amené la suppression de ma place, faits que S. A. R. a reconnus n'être qu'un prétexte, ainsi qu'il l'a avoué il y a peu de jours à mon beau-frère, me dispense de prolonger davantage des démarches désormais inutiles, et m'impose le devoir de ne m'occuper, après une

dience au prince qui m'a promis de me recevoir quand je le désirerais.

Le 23 avril, prière à Monseigneur de m'accorder une audience.

Le 29 avril, avant le départ du prince pour Londres, nouvelle demande d'audience, en rappelant à S. A. R sa promesse.

Les 7 mai, 11 et 18 juillet, 10 août, nouvelles instances auprès de Monseigneur.

Le 7 septembre, note envoyée à Randan par M. Pieyre, secrétaire des commandemens de Mademoiselle. Monseigneur fait répondre qu'il désire ne plus s'occuper de cette affaire, et qu'il m'engage à l'oublier.

année de tourments, que du soin de ma réputation. Ce ne devrait pas être la récompense de services rendus pendant quatorze ans avec une loyauté et un dévouement sans exemple, dont je pense avoir fourni la preuve complète.

Pascalis,

Ancien directeur des dépenses de S. A. R.

Paris, ce 11 novembre 1829.

www.ingramcontent.com/pod-product-compliance
Ingram Content Group UK Ltd.
Pitfield, Milton Keynes, MK11 3LW, UK
UKHW020532230726
13925UKWH00005B/2273